¡No ha sido culpa mía!

It Wasn't My Fault

¡No ha sido culpa mía!

It Wasn't My Fault

Texto: Helen Lester
Ilustraciones: Lynn Munsinger

 Picarona

Puede consultar nuestro catálogo en
www.picarona.net

¡No ha sido culpa mía! / It Wasn't My Fault
Texto: *Helen Lester*
Ilustraciones: *Lynn Munsinger*

1.ª edición: septiembre de 2016

Título original: *It Wasn't My Fault*

Traducción: *Joana Delgado*
Maquetación: *Montse Martín*
Corrección: *M.ª Ángeles Olivera*

Edita: Picarona, sello infantil de Ediciones Obelisco, S. L.
Pere IV, 78 (Edif. Pedro IV) 3.ª planta, 5.ª puerta
08005 Barcelona - España
Tel. 93 309 85 25 - Fax 93 309 85 23
E-mail: picarona@picarona.net

ISBN: 978-84-16648-77-1
Depósito Legal: B-14.808-2016

Printed in Spain

Impreso en España por ANMAN, Gràfiques del Vallès, S. L.
C/. Llobateres, 16-18, Tallers 7 - Nau 10. Polígon Industrial Santiga.
08210 - Barberà del Vallès (Barcelona)

A Murdley Gurdson las cosas no siempre le salían bien.

Things did not always go well for Murdley Gurdson.

No controlaba la pasta de dientes.
Se caía dentro de los cubos de basura.

He couldn't control the toothpaste.
He fell into wastebaskets.

Y sólo rompía los jarrones más valiosos.
Pasara lo que pasara, solía ser por su culpa.

And he dropped only valuable vases.
Whatever happened, it was usually his fault.

Un día se fue a pasear con su enorme y único zapato nuevo.
Había perdido el otro.
Pero no recordaba dónde.

One day he went for a walk in his one too big new shoe.
He had stepped out of the other one.
He couldn't remember where.

Al cabo de un rato, alguien dejó caer
un huevo sobre Murdley Gurdson.

Before long someone laid an egg on
Murdley Gurdson's head.

Vio un pájaro que había por allí y le preguntó:
—¿Has sido tú quien me ha tirado un huevo a la cabeza?

He looked at a nearby bird.
"Did you lay an egg on my head?" he asked.

—Sí, he sido yo –confesó el pájaro–, pero no ha sido culpa mía.
Un horrible cerdo hormiguero me ha gritado y yo me he asustado.

"I did," confessed the bird, "but it wasn't my fault.
A horrible aardvark screamed and scared me."

Entonces, Murdley Gurdson y el pájaro fueron
a ver al cerdo hormiguero.

So Murdley Gurdson and the bird went to
see the aardvark.

—¿Has sido tú el que ha gritado al pájaro, has hecho que se asustara y tirara un huevo a la cabeza de Murdley Gurdson? –le preguntaron.
—Sí, he sido yo –confesó el cerdo hormiguero.
Pero no ha sido culpa mía.

"Did you scream and scare the bird into laying an egg on Murdley Gurdson's head?" they asked.
"I did," confessed the aardvark.
"But it wasn't my fault."

—Ha sido un horrible hipopótamo enano,
me ha pisado la cola
y me ha hecho gritar.

"A nasty pygmy hippo
stepped on my tail and a
scream just popped out."

Juntos, se fueron a buscar al hipopótamo enano.

—¿Has sido tú el que le ha pisado la cola al cerdo hormiguero haciendo que gritara,
que el pájaro se asustara y que el huevo cayera sobre la cabeza de Murdley Gurdson? –le preguntaron.

Together they went to find the pygmy hippo.
"Did you step on the aardvark's tail, making him scream
and scare the bird into laying an egg on Murdley Gurdson's head?" they asked.

—Sí, he sido yo –confesó el hipopótamo enano–. Pero no ha sido culpa mía.
Lo hice sin querer, mientras escapaba de un zapato saltarín con unas orejas muy largas.
—¿UN QUÉ? –preguntaron todos a la vez.

"I did," confessed the pygmy hippo. "But it wasn't my fault.
I did it by accident when I was getting out of the way of a hopping shoe with long ears."
"A WHAT?" they all asked.

Justo en ese momento, apareció un zapato saltarín
con unas orejas larguísimas.

Just then along came a hopping shoe
with long ears.

Tirando con fuerza, descubrieron enseguida que aquellas orejas estaban enganchadas a un conejo.
—No ha sido culpa mía –dijo el conejo.
Yo iba saltando por ahí cuando aterricé dentro de este zapato y me quedé atrapado en él.

With a pull and a tug, they soon found that the ears were attached to a rabbit.
"It wasn't my fault," the rabbit explained.
"I was hopping along when I landed in that shoe and became stuck."

Aquel zapato se parecía mucho
al que Murdley había perdido hacía algún tiempo.

The shoe looked very much like the new too big
shoe Murdley had stepped out of some time ago.

Realmente era el mismo.

In fact, it was.

Murdley pensó:

«El conejo se ha quedado atrapado en mi zapato y ha asustado
al hipopótamo enano, éste ha pisado la cola del cerdo hormiguero;
el cerdo ha gritado y ha asustado al pájaro,
y éste ha dejado caer el huevo en mi cabeza».

Murdley thought:
"The rabbit became stuck in my shoe and frightened
the pygmy hippo, who stepped on the aardvark's tail.
The aardvark screamed and scared the bird into
laying an egg on my head."

—Pues, entonces, creo que la culpa ha sido mía –dijo muy triste Murdley Gurdson.
Dos lágrimas cayeron sobre sus nuevos enormes zapatos.

"Then I suppose it was my fault," Murdley Gurdson said very sadly.
Two tears splashed on his new too big shoes.

—Venga, venga —le animaron el hipopótamo enano,
el conejo, el pájaro y el cerdo hormiguero–, no llores.
—Ha sido culpa mía –dijo el pájaro.
—Ha sido culpa mía –dijo el cerdo hormiguero.
—Ha sido culpa mía –dijo el hipopótamo enano.
—Ha sido culpa mía –dijo el conejo.
—Volvamos a tu casa y hagamos algo
con ese huevo.

"There, there," said the pygmy hippo, the rabbit,
the bird, and the aardvark, "don't cry."
"It was my fault," said the bird.
"It was my fault," said the aardvark.
"It was my fault," said the pygmy hippo.
"I think it was the shoe," said the rabbit.
"Let's go back to your house and do something
about that egg."

Se metieron todos en la cocina.
El cerdo hormiguero puso a Murdley Gurdson boca abajo y dejó que el huevo cayera en la sartén.
El conejo molió la pimienta.
El hipopótamo enano le añadió una pizca de sal.
El pájaro correteó una y otra vez sobre la sartén removiendo muy bien el huevo.

They all went into the kitchen.
The aardvark turned Murdley Gurdson upside down and the egg plopped into a pan.
The rabbit ground the pepper.
The pygmy hippo added a pinch of salt.
The bird ran around and around in the pan, doing a very fine job of scrambling.

Murdley Gurdson saboreó cada bocado de aquel huevo revuelto.

Murdley Gurdson enjoyed every bite of his scrambled egg.

Murdley dio las gracias a sus amigos,
abrió la puerta para que salieran
y…

Murdley thanked his friends.
He went to the door to let them out
and…

...¡no fue por su culpa!

...it wasn't his fault!